Primera Navidad

A

_____

De

_____

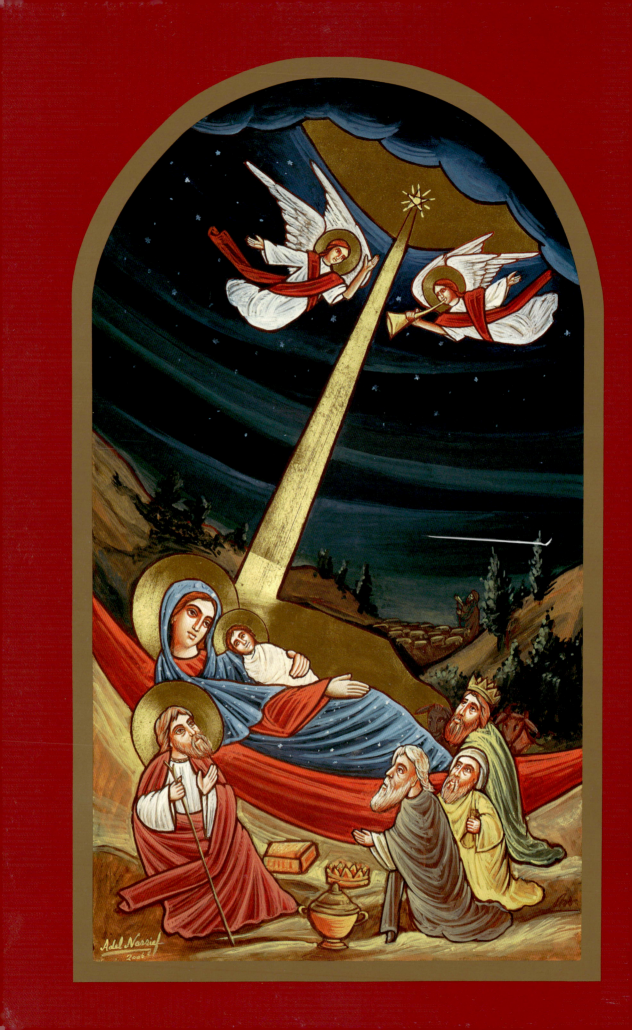

Primera
Navidad

Alastair Macdonald

ilustrado por Adel Nassief

traducido por Yanitzia Canetti

Welcome Books

NEW YORK & SAN FRANCISCO

 *A Charlene*

PREFACIO

Yo escribí *Primera Navidad* para que la historia del nacimiento de Jesucristo pudiera ser fácilmente compartida entre familiares y amigos. Espero que este libro ayude a traer un nuevo despertar a la celebración de la Navidad, y en el proceso, nos mantenga unidos mientras compartimos lo maravilloso del nacimiento de Jesucristo.

Que Dios lo bendiga a Ud. y a su familia esta Navidad.

ALASTAIR MACDONALD

Primera Navidad

Yo soy el viejo Zeke;
un burro ya cansado.
Mis patas están débiles;
mi cuerpo está agotado.
Mas una vez fui fuerte;
mi alma estaba contenta:
cuando cargaba a mi amo
y su caja de herramientas.

Mi amo me contó
lo que las Escrituras decían:
Isaías profetizó
que un niño nacería.
Lo llamó Admirable Consejero...
Príncipe de Paz,
prometió que iba a librarnos
del mal por siempre jamás,
de un mundo lleno de odios
y de guerras impías,
y que al hacerse hombre,
nueva vida nos daría.

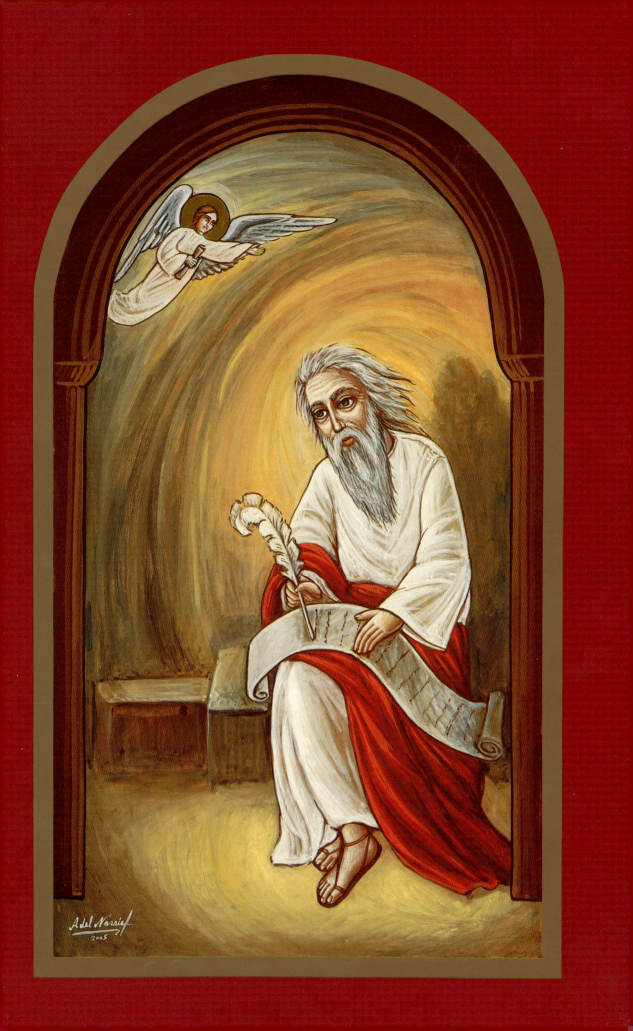
Adel Nassief
2005

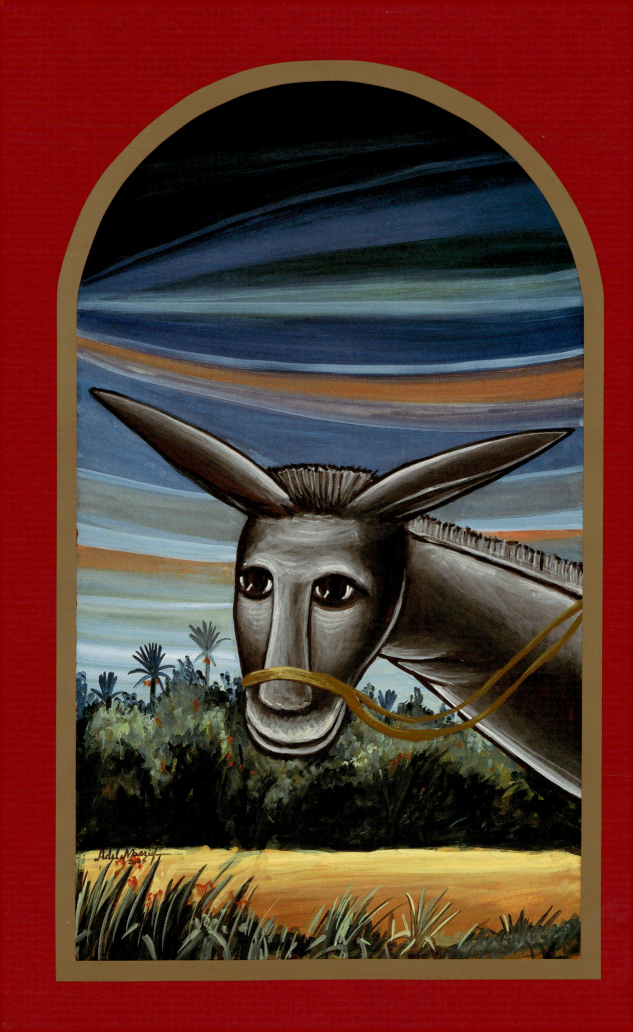

Voy a contarte mi historia,
tan difícil de creer,
la del niño que en efecto
un día llegó a nacer,
como un regalo de Dios
y su poder abarcador.
Era Su Hijo, el Mesías,
un regalo de Su amor.

El joven José, mi amo,
trabajaba en carpintería
y se había comprometido
con la gentil María.
La dulce María y José
sentían un amor hermoso,
que parecía bajar del cielo
como un rayo luminoso.

Pero un día María,
con lágrimas, emocionada,
le dio al joven José
la noticia inesperada.
"Anoche me visitó
un ángel resplandeciente.
Al entrar a mi aposento,
sentí miedo de repente.
Hablaba tan suavemente
que el temor yo perdía,
y escuché atentamente
lo que el ángel me decía:

'Bendito el fruto de tu vientre
y bendita tú eres.
Dios te ha elegido a ti
entre todas las mujeres.
Gestarás un niño único
entre tanta hostilidad.
Él es el Hijo de Dios;
¡salvará a la humanidad!'"

El joven José, enojado,
no lo pudo ver así.
"Nos íbamos a casar.
¡Pensé que eras para mí!
Ahora me haces un cuento
que me deja confundido
¡que en ti Dios, de algún modo,
ya ha concebido
un bebé! ¿Un bebé?
¿Cómo algo así creeré?"
Y dando fuertes pisadas,
salió furioso José.

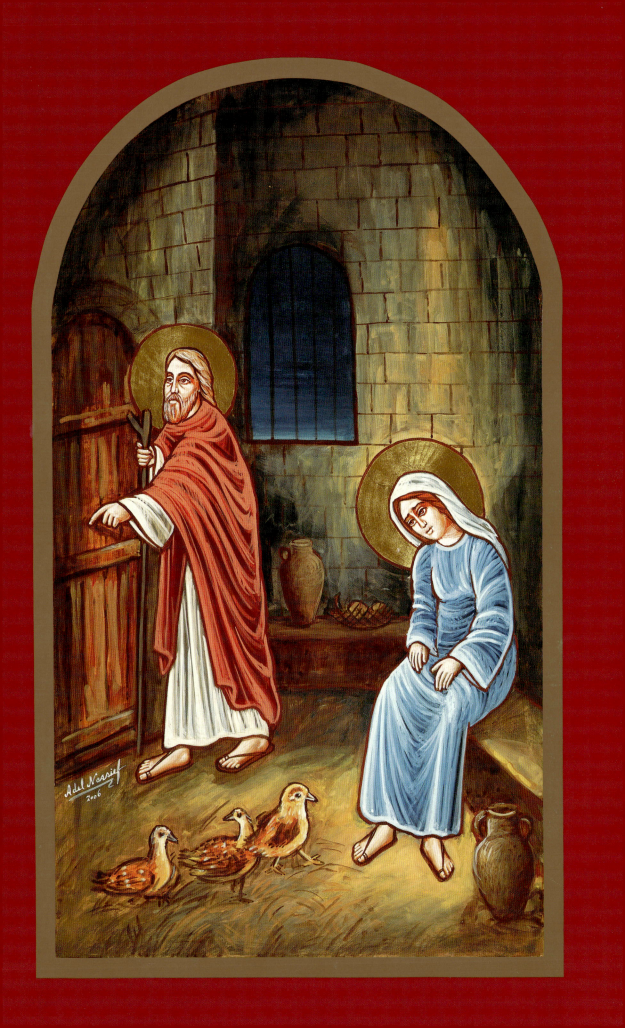

Esa noche él daba vueltas
mientras dormía.
Despertó conmocionado
por lo que ahora sabía.
En un sueño tan intenso
que parecía real,
había aparecido un ángel
con un pedido especial.

"Cuida a la dulce María,
Dios te bendice con amor
para que cuides de su Hijo
y le brindes lo mejor.
Cuida a la madre del niño
y provéele cobijo.
Dios sabe que lo amarás
como si fuera tu hijo."

Mientras José le contaba
el raro sueño a María,
la miraba fijamente
con amor y simpatía.
Su mirada era tan tierna,
tan profunda y tan sincera...
Ella supo que la cuidaría
sin importar qué ocurriera.

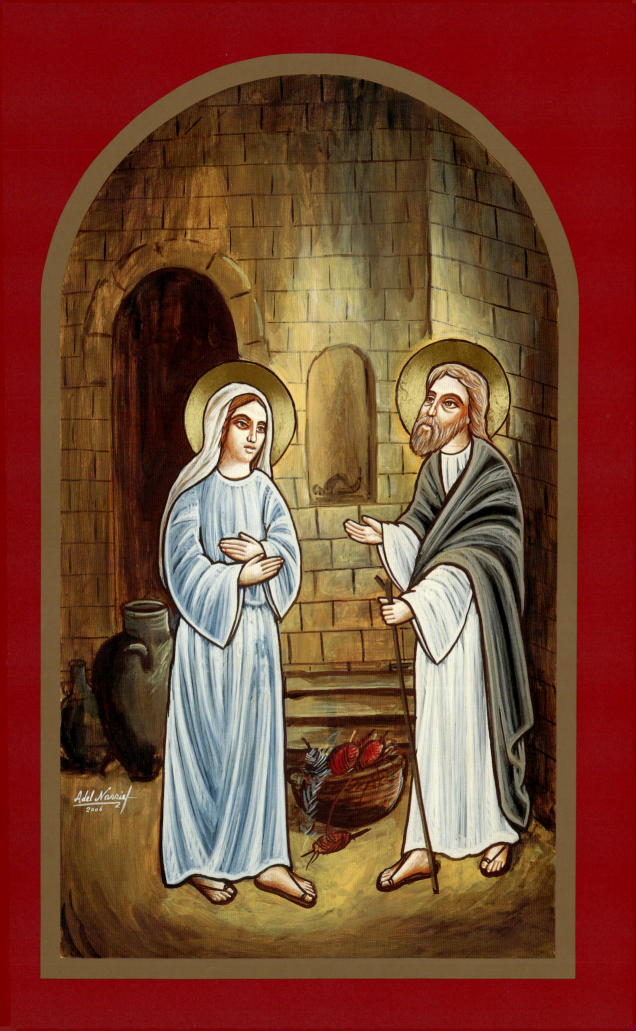

Los invasores romanos
aquellas tierras regían
y decidieron contar
a cuanta persona había:
a todo el que viviera,
comiera y respirara,
a todo el que tosiera,
hablara o se burlara.
A todos y cada uno
querían ellos contar,
porque así mayor impuesto
podrían colectar
por cada habitante
que vivía en aquel lugar.

Así que el cónsul romano
anunció, por decreto,
que tendría regresar
cada sujeto
a su ciudad de origen,
raudo y presto,
para que fuera contado
y pagara su impuesto.

Mi amo José, del rey David descendía,

Él nació y creció en Belén, él de allí provenía.

Dispuso él caminar, por nuestro bien,

desde el alto Nazaret hasta las rocas de Belén.

Era una ruta riesgosa, polvorienta y larga,

con una mujer encinta y una pesada carga.

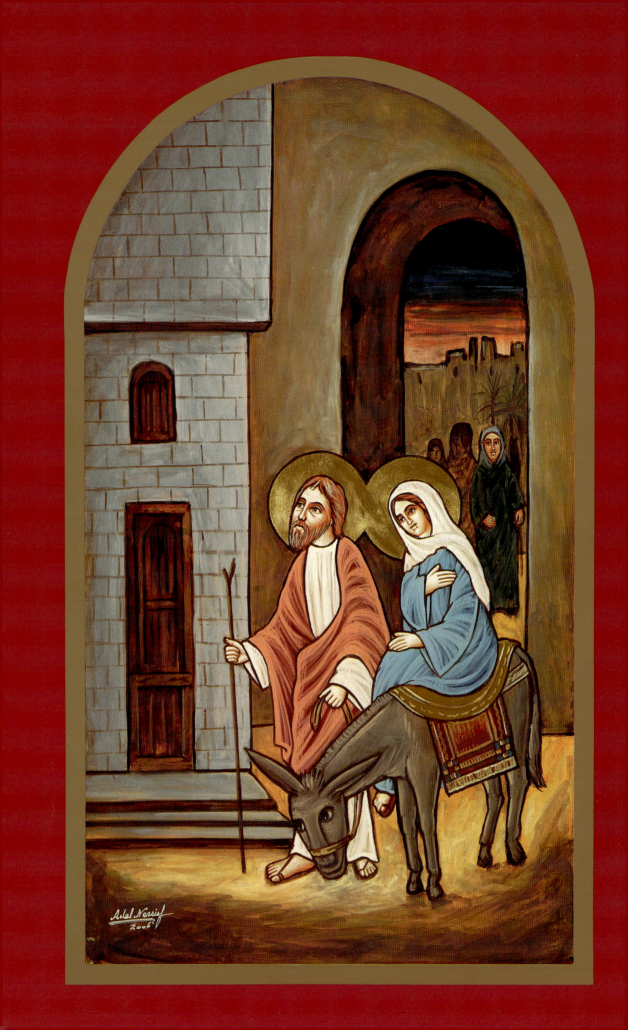

Ya era tarde en la noche,
se ocultó el sol poniente,
cuando al pueblo de Belén
arribamos finalmente.
Sentimos el aire frío
y un profundo agotamiento,
y buscábamos posada
con fuego y alimento.

Pero no hallamos posada
ni pudimos conseguir
ni un solo lugar seguro
con cama para dormir.
"¡No hay sitio disponible!
¡Ya todo está ocupado!"
José comenzó a temer...
Estaba muy preocupado.

En ese instante María
miró hacia arriba alarmada:
"¡Ya va a nacer el bebé,
que esté sano a su llegada!"
Un posadero al ver
su precaria situación
nos pidió que esperáramos;
él sentía compasión.

"En mi establo, aquí cerca,
hay suficiente lugar.
Si no les importa el sitio,
allí se pueden quedar.
Está junto a la posada,
vayan allí, por favor.
Solo abran la puerta;
no sientan ningún temor."

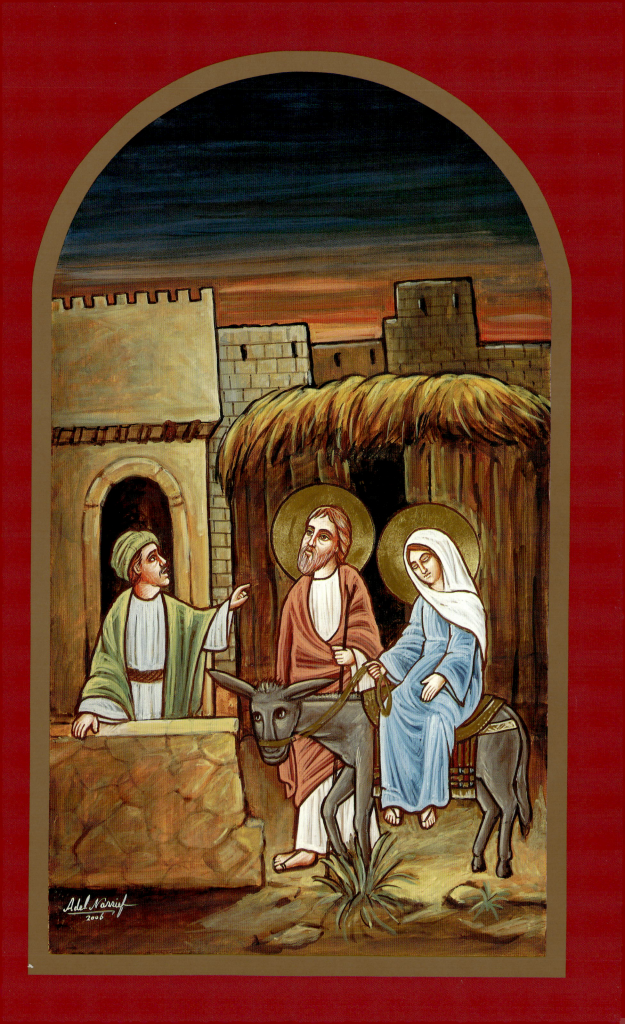

Nos mudamos enseguida
al establo, sin tardar,
donde María y José
se abrazaron sin hablar.
"No te preocupes, María",
le dijo él dulcemente,
"por la fe en nuestro Dios,
hallamos lugar caliente.
Con vacas, burros y ovejas
lo debemos compartir,
¡y la verdad yo no sé
cómo vamos a dormir!"

Iba María a reírse
cuando sintió un gran dolor.
"¡Creo que llegó la hora!",
dijo otra vez con temor.
"La paja está limpia aquí,
en esta esquina vacía.
¡Haré un lecho confortable
para mi reina María!"
José colocó una manta
muy suave, con gentileza,
y confeccionó una almohada
para apoyar su cabeza.

Ya era muy tarde; ni un ruido se escuchaba.
El aire estaba limpio; las estrellas brillaban.
Solo un ladrido tenue, distante en realidad,

se escuchaba a los lejos de aquella oscuridad.

Desde un establo, se oyó el llanto de un bebito.

¡Ha nacido el Niño! ¡Bendito sea! ¡Bendito!

Una luz radiante
rodeó su cuerpecito.
Encima de su mamá,
se acurrucó el bebito.
Una sonrisa en su cara
traía el joven José,
sin salir del asombro,
amparado por su fe.
Y los burros y las vacas
y las ovejas veían,
sin hacer nada de ruido,
al niñito que dormía.

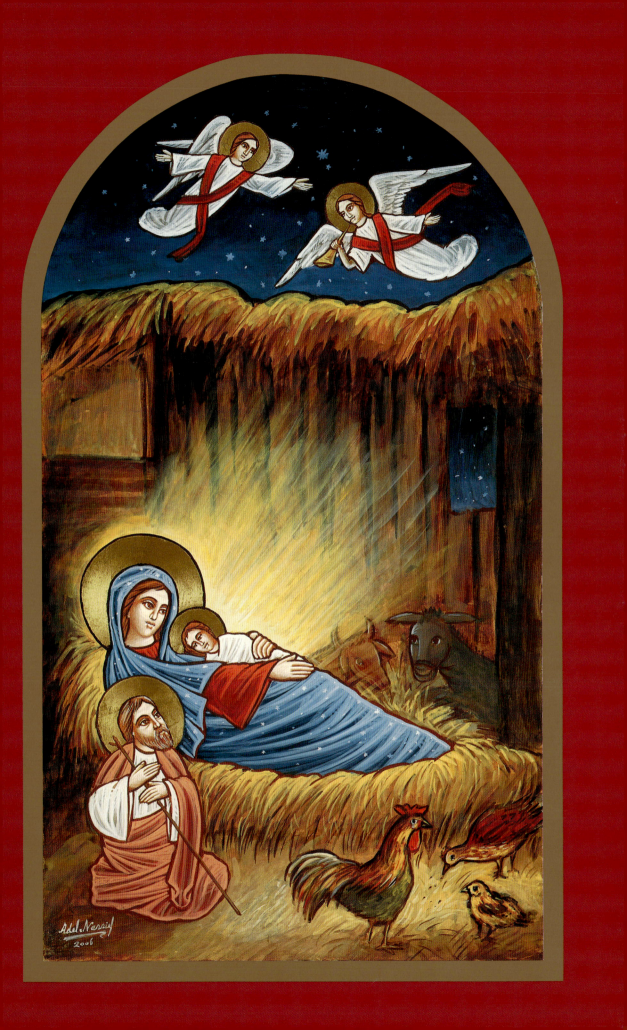

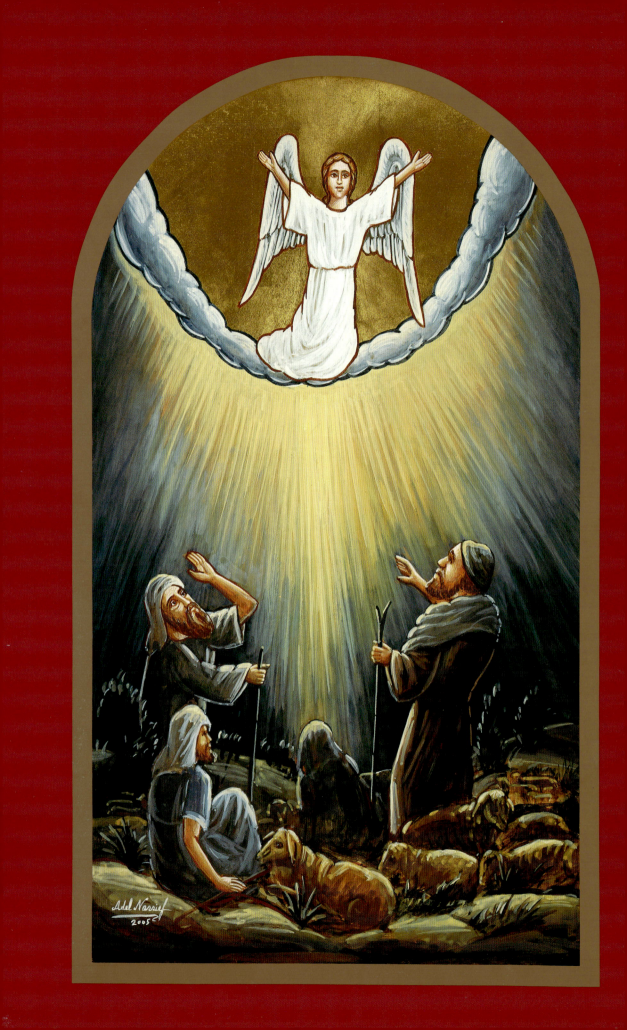

En los campos de aquella
fría noche del año,
los pastores velaban
de cerca sus rebaños.
Una luz brillante
los sorprendió de repente,
estaba rodeando a un ángel;
¡era una noche imponente!

"No teman por las buenas nuevas
que ustedes recibirán,
por la paz y el regocijo
que de seguro tendrán.
Esta noche en su villa,
nació el niño previsto:
¡Hijo de Dios, el Mesías,
el Señor Jesucristo!
Hallarán al niño envuelto
con una manta sencilla,
acostado en un pesebre
de la posada, en la villa.

Los pastores acuden,
de rodillas postrados,
a ver al Niño Jesús,
lo reverencian hincados,
y le ofrecen de regalo
un pequeño cordero,
dándole gracias a Dios
del modo más sincero.

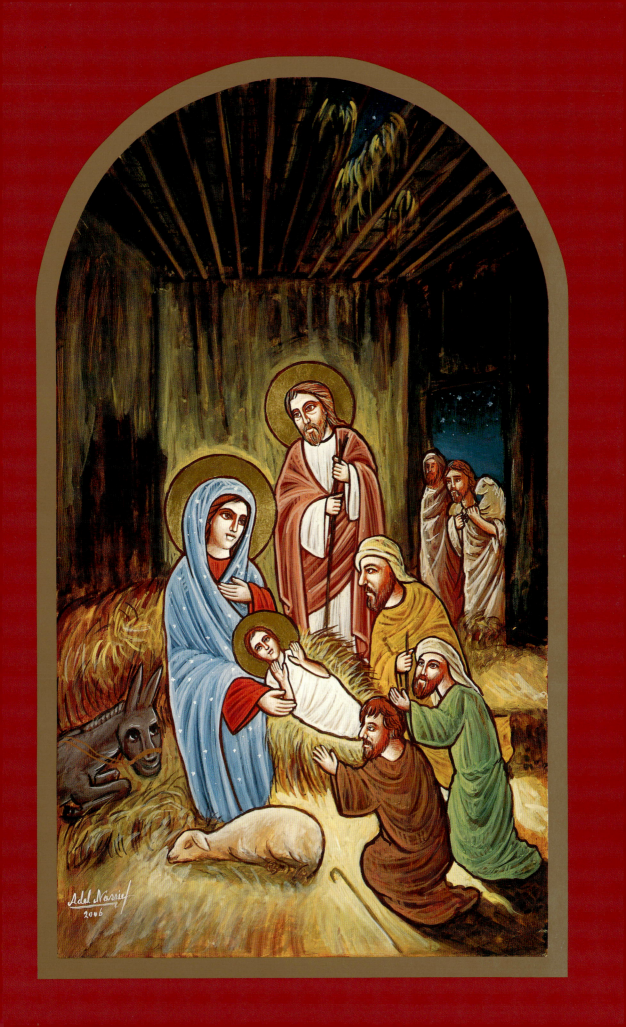

A sus rebaños regresan los pastores diligentes,
mientras todos en Belén duermen profundamente.
La noche se va tornando cada vez más brillante
y el sonido de la música se va haciendo gigante.
En el cielo, los ángeles alaban al Señor,
un canto en las alturas que proclama Su amor.

Qué visión tan hermosa, qué alegría
ver cantar a los ángeles su bella melodía:
una canción de gloria a Dios en las alturas,
una canción de paz, que ya viene, segura,
una canción de alabanza de un porvenir dichoso,
una canción para el Hijo de Dios todopoderoso.

Hacia las estrellas
los ángeles se elevan,
la luz se desvanece;
el silencio regresa.
En su pesebre, un niño
me mira atentamente,
a mí, al burro Zeke,
¡me acuerdo claramente!
Qué noche inolvidable
aquella que vivimos,
cuando el Niño Jesús
y yo nos conocimos.

I

Los íconos cristianos cópticos

La iglesia ortodoxa cristiana cóptica es una de las iglesias cristianas más antiguas. Fundada y con sede en Egipto, los inicios de la iglesia datan del año 41 AC, cuando el apóstol Marcos, que escribió el evangelio del mismo nombre, fundó una iglesia cristiana con sede en Alejandría. Muchos creen que esta iglesia data incluso de mucho antes, de cuando Jesús y su familia huyeron a Egipto para evitar la matanza de niños ordenada por Herodes.

Se dice que la tradición artística de íconos de los cristianos cópticos data de los primeros días de la iglesia. Se pueden encontrar ejemplos de este tipo de arte al menos en el siglo tercero AC. Se cree que fue usado para instruir a una gran población analfabeta, que eran convertidas de religiones paganas al cristianismo. Este arte brindaba una explicación visual para la enseñanza y comprensión, de la misma manera en que se usaron los vitrales en Europa durante la Edad Media.

En los primeros tres siglos después de la fundación de la iglesia, el cristianismo adquirió mayor vigor en Egipto. Hay evidencia de que muchos de los templos usados anteriormente para la adoración pagana, fueron adoptados por el cristianismo. Muchos de estos templos se decoraron con el arte que los cristianos cópticos pintaron o trabajaron con escayola a partir de sus propias imágenes cristianas. Quedan pocas muestras, debido en parte a que los primeros arqueólogos de Egipto destruyeron mucho del arte cóptico cristiano por hallar arte egipcio más antiguo. Por otra parte,

Egipto se convirtió en sede y modelo de la tradición monástica de la fe cristiana. Muchas órdenes monásticas se fundaron en Egipto y sus edificaciones conservan aún algunos de los primeros ejemplos del arte cóptico cristiano.

Se cree que el estilo de los íconos cópticos recibió influencias no sólo del antiguo arte egipcio, sino también de la tradición artística griega y helénica. Alejandría fue fundada originalmente por Alejandro Magno cuando éste invadió Egipto en el siglo III AC. Los antiguos egipcios tradicionalmente decoraban y pintaban los sarcófagos en los que eran sepultados —el ejemplo más conocido es el sarcófago de Tutankamón. Esta tradición continuó durante el período helénico en el siglo III DC. Se han encontrado varios y notables ejemplos de estos retratos en tumbas, principalmente de habitantes griegos en Egipto. Estas pinturas encáusticas (hechas con cera pigmentada en paneles de madera) se conocen como los retratos de la momia de Fayum; muchos de ellos poseen una notable similitud con íconos cópticos posteriores, con sus grandes ojos y retratos frontales pintados en un estilo casi bidimensional.

El siglo VII fue testigo de un movimiento de la iglesia cóptica donde se pretendía eliminar los íconos de las iglesias, dado que estos estaban siendo adorados como ídolos. Sin duda la invasión de los árabes a Egipto, al traer el Islam a la región, también influyó en este movimiento.

En el siglo VIII, sin embargo, los íconos cópticos reaparecieron. Estas nuevas imágenes están marcadas por una simplicidad de formas, colores básicos y una fuerte delineación, lo que hoy es considerado como estilo cóptico.

Hasta hoy, los íconos cópticos mantienen ciertos patrones simbólicos:

- Ojos grandes, que simbolizan el ojo espiritual que ve más allá de las necesidades materiales.
- Grandes orejas para escuchar la palabra de Dios.
- Labios tiernos para glorificar y alabar al Señor.
- Bocas pequeñas, para no ser fuente de palabras vacías o dañinas.
- Narices pequeñas, porque la nariz es vista a veces como algo sensual.
- Cabezas grandes, para dar a entender que la figura está entregada a la contemplación y la oración.[1]

A mediados del siglo XX, hubo un renacimiento del arte y la cultura cóptica. El Dr. Isaac Fanous, un artista cristiano cóptico, fue el más destacado en el desarrollo de este movimiento. Él impartió clases en el Instituto de Estudios Cópticos de Alejandría, donde fundó un programa para enseñar estas tradiciones artísticas. Desarrolló además su propio estilo de arte icónico, que se basó fuertemente en el estilo histórico de los íconos cópticos, a pesar de verse más plano y casi abstracto.

Adel Nassief se graduó del programa del Dr. Fanous. Su creación de imágenes para *Primera Navidad* siguió el estilo cóptico tradicional. Las pinturas fueron creadas en paneles de madera, cubiertos previamente con varias capas de yeso. Las imágenes planeadas se hicieron a lápiz sobre el panel. Se aplicaron luego los colores con témpera, aplicando los colores más claros y luego los más oscuros. Luego se añadió una fina capa dorada —un proceso difícil que requiere de

<hr>

[1] El Dr. Zacharia Wahba destaca el simbolismo de los íconos cópticos en su artículo de Internet, "Los íconos cópticos: Su significado histórico y espiritual", http://www.geocities.com/Athens/Delphi/7261/coptic_icons.htm

mucha paciencia. Finalmente, la pintura fue protegida con un sellador transparente.

En la tradición icónica (no sólo cóptica), la creación de un ícono se describe como un proceso de "escribir" el ícono más que pintarlo. La escritura del ícono se considera una experiencia espiritual que requiere oración y contemplación. Muchas veces los artistas comienzan su escritura con una oración al sujeto que se está representando. Durante la escritura se ora y se medita, partes esenciales del proceso creativo. No es solamente una creación artística, sino también espiritual.

Cuando vemos el trabajo artístico para *Primera Navidad* hecho por Adel Nassief, no podemos evitar la fuerte atracción de sus íconos. Hay algo muy genuino en ellos que nos transporta al tiempo y lugar de los hechos. Al dibujar en las tradiciones antiguas y espirituales de su arte, Adel ha creado imágenes que tocan nuestros corazones. Al mismo tiempo nos ofrece una mejor comprensión de los extraordinarios sucesos que ocurrieron en el pequeño pueblo de Belén hace más de dos mil años.

II

La "escritura" de *Primera Navidad*

Hace casi 25 años, el escritor Alastair Macdonald estaba buscando un libro ilustrado que contara la historia del nacimiento de Jesucristo, para leérselo a sus hijos. Al no hallar exactamente lo que quería, decidió contar la historia con sus propias palabras. "Yo quería crear una historia", dice Macdonald, "que se convirtiera en una tradición familiar, que los padres pudieran compartirla con sus hijos cada Navidad; una historia que ayudara a traer a Cristo de regreso a la Navidad".

Macdonald decidió contar la historia desde la singular perspectiva de Zeke, el laborioso y fiel burro de José, y la escribió en versos endecasílabos anapésticos —el mismo tipo de rima, ritmo y gracia, que tiene "The Night Before Christmas" y mucha de la poesía de Dr. Seuss.

Primera Navidad fue ilustrada vívidamente por Adel Nassief, un reconocido artista cristiano cóptico que vive y trabaja en Alejandría, Egipto. Nassief y Macdonald colaboraron por tres años en la creación de los íconos que ilustran *Primera Navidad*. Las pinturas se hicieron de manera tradicional, sobre una tabla de madera con témpera y láminas de oro. En la tradición cristiana cóptica, los íconos se describen como si hubieran sido "escritos" en vez de pintados, porque su creación requiere de oración y reflexión espiritual así como de esfuerzo artístico. Las veintiún pinturas de Nassief reviven la historia como nunca antes, dándole profundidad y dignidad a la poética narrativa de Zeke.

Aunque tomó casi 25 años conseguir que *Primera Navidad* se completara y publicara, su creación ha sido marcada por muchos momentos fortuitos y bendiciones. Como señala Macdonald: "Este es un proyecto que llegaría lejos. Tuve que completarlo porque realmente creo que ha sido tocado por la inspiración divina. ¿De qué otra manera se explica que el poema fuera escrito por un hombre que nunca ha escrito poesía; que un artista egipcio deseara interpretar el poema con belleza, gracia y espiritualidad; y finalmente, que Welcome Books, probablemente una de las editoriales más distinguidas de América del Norte en libros ilustrados, aceptara publicarla? Ha sido verdaderamente un proyecto de continuas y grandes bendiciones".

Alastair Macdonald y su esposa viven en Bermuda y, aunque sus niños ya han crecido, esperan el día en que les puedan leer también *Primera Navidad* a sus nietos.

Adel Nassief vive con su familia en Alejandría, Egipto. Es contratado frecuentemente para crear inmensos murales y mosaicos para las iglesias cristianas cópticas en todo el mundo y su trabajo se puede apreciar en www.adelnassief.net.

Para saber más sobre *Primera Navidad*, visite www. firstchristmas.net.

Yanitzia Canetti, traductora para esta edición en español, es además una reconocida escritora y editora. Con dominio del español, italiano e inglés, Canetti ha traducido más de 100 libros, incluidos varios clásicos de la literatura anglosajona, como los libros de Dr. Seuss, Curious George, Berenstein Bears y recientemente, el libro de Jenna y Laura Bush, "¡Leer para creer!". Para más información, visite: www. YanitziaCanetti.com.

Published in 2008 by Welcome Books®
An Imprint of Welcome Enterprises, Inc.
6 West 18th Street, New York, NY 10011
Tel: 212-989-3200; Fax: 212-989-3205
www.welcomebooks.com

Publisher: Lena Tabori
Project Director: Natasha Tabori Fried
Designer: H. Clark Wakabayashi
Translator: Yanitzia Canetti
Project Assistant: Kara Mason

Library of Congress Cataloging-in-Publication Data

Macdonald, Alastair.
  [First Christmas. Spanish]
  Primera navidad / by Alastair Macdonald ; illustrations by Adel Nassief.
     p. cm.
  Summary: Retells the story of the birth of Jesus, as seen through the eyes of Joseph's donkey. Features rhyming text accompanied by paintings of Coptic icons.
  ISBN 978-1-59962-058-9 (alk. paper)
  1. Jesus Christ--Nativity--Juvenile fiction. [1. Jesus Christ--Nativity--Fiction. 2. Donkeys--Fiction. 3. Spanish language materials.] I. Nassief, Adel, ill. II. Title.
  PZ74.M23 2008
  [E]--dc22
                    2008017944

Impreso en Hong Kong
Primera edicion
10 9 8 7 6 5 4 3 2 1